도깨비바늘의 짝사랑

황금알 시인선 250

도깨비바늘의 짝사랑

초판발행일 | 2022년 8월 17일

지은이 | 곽병희
펴낸곳 | 도서출판 황금알
펴낸이 | 金永馥
주간 | 김영탁
편집실장 | 조경숙
표지디자인 | 칼라박스
주소 | 03088 서울시 종로구 이화장2길 29-3, 104호(동숭동)
전화 | 02)2275-9171
팩스 | 02)2275-9172
이메일 | tibet21@hanmail.net
홈페이지 | http://goldegg21.com
출판등록 | 2003년 03월 26일(제300-2003-230호)

ISBN 979-11-6815-025-6-03810

*이 책은 경남문화예술진흥원의 문화예술지원을 일부 보조 받아 발간되었
  습니다.

도깨비바늘의 짝사랑

곽병희 시집

황금알

첫 시집 상재 후 6년이 훌쩍 지나갔습니다

여전히 미흡한 두 번째 작품집에 따가운 세상의 눈초리를 달게 받으려 합니다

또 수년 뒤로 얼마간의 수확을 미루며 하나의 이정표로 삼습니다

가편의 봉우리에 단번에 오를 수 없는 것이고 보면 오히려 당연한 고통일 수 있을 거라고 여기며 마음을 다독입니다

우보牛步이지만 일일 우일신一日 又日新의 끈을 다시 조입니다

2022년 여름 정녕리 우거에서 곽병희

차 례

1부 바람의 아들

2부 심등을 기다리며

3부 볼록거울의 사랑

1부

바람의 아들

정육점 正肉店

그 가게의 선량함 속에서
무지의 냄새가 쉬이 걷히지 않는다
네가 나를 등쳐먹고
나도 너를 후려치는 요지경 속에
더럽혀진 그 이름들
악화가 양화를 데리고 가지만
양화가 악화를 데리고 오지 않는 세파 속에
가뭄에 콩 나듯 하는
가게의 이마에 붙은 저 선언
청량한 저 물길이 모여
우렁우렁 큰 강물이 되어
밀물로 개선할 날이 머지 않을까
고난의 돌부리를 넘고 넘는
오랜만의 그리운 이름 하나

바람의 아들

산과 산 사이 바람이 빠진다

생선 궤짝이 트럭의 등에 얹혀
오일장으로 향하는 소리

면 소재지까지 침투한 마트 쪽으로
심하게 쏠려버린 발걸음 속에
젊은 얼굴들이 떠나간 오일장
중년의 생선 장수는 심하게 부각된다

좌판 사이로 어슬렁거리는 바람들
산 입에 거미줄 칠까

홑몸 사내 주위로 또 바람이 인다

저 가슴

모심기 젖을 물리기 위해
붉은 가슴 모두 쏟아내며
강박증에 시달리던 여름 저수지

야윈 가슴에
벌컥벌컥 소나기 도랑물로 채웠던 날들

하늘의 변덕을 알 수 없을 때
그 조급은 심하다가도
가을 찬바람에 완화되던 그 몸살

마늘 논 품을 간간이 축여가면서
조금씩 비축을 거듭하며
겨울 지나 마침내 봄,

다시 만수위로 되돌리던 저 가슴

알콩달콩

저 포클레인의 손들, 개미손들
트럭의 등에 업혀 사냥 중이네
아장아장 거북이걸음의 반경 속에서
걸리는 건 하나둘 뿐
덩치는 크나 제 등짐의 시달리던 갈증에
날쌘 토끼의 트럭이 등을 들이미네
흙을 움켜쥔 두 손, 허공을 두리번거리다
그 인내를 풀어버리네
그때 토끼의 날쌘 발이
어디론가 그 먹이를 배설하면
각개전투 토끼와 거북이의 시너지
켜켜하던 곳곳을 밝히는데, 밝히는데

히말라야 삼나무와 느티나무

히말라야 삼나무, 저 모난 정수리
느티나무가 어루만진다
내 숨 쉴 터전을 이웃과 맹렬히 경쟁한다지만
저 쭉쭉빵빵의 몸매 속을 간파한 탓이다
큰 키의 동구 밖 느티나무가
비교우위로 보이는 여름 한나절
명불허전名不虛傳, 오백 년을 읽는다

도깨비바늘의 짝사랑

잘난 인물과 향기로
벌나비를 유혹할 수 있었더냐
가볍고 유연하여
바람의 돛배를 탈 수 있었더냐
보풀보풀 털을 붙들어야지
싫다 하여 얼굴 찌푸리지만
자꾸만 내동댕이 쳐버리지만
결국 짝사랑으로 끝날 운명이지만
그것으로라도 벌어 먹고살아야지
외곬의 사랑은 불안한 법
그의 거부의 순간에 너는
대지의 품에 안긴다
도와주지만 책임지지 않는
의타의 길을 또렷이 기억하렴

부용정* 행

산도 내도 먼 무명無明이
배산임수의 재실에 관심의 등불을 켜네

연화산의 의구한 세월에
강당의 주리론主理論도 익어가고
흘러오는 운봉천은
기울어진 운동장을 바라보라 하네
임진란 의병의 먼 말발굽 소리 한마당인데
다시 떠나는 그 냇물
광한루 아들더러 고루한 남녀는 헤어져라 하네

다가가도 다가가도 아직 먼 그 소리
청맹과니의 그 세월 언제 그칠는지

* 부용정芙蓉亭: 조선중기 남원군수이자 의병장이었던 부용당 성안의를 모
  신 서당. 창녕군 성산면에 있음.

18

지붕들의 말씀

빗물 젖지 않는 교회의 뾰족탑
온몸으로 받는 슬래브 사이로
적당히 젖었다가 흘려버리는 경사진 지붕들

햇빛을 거부하는 하얀 지붕
뜨거운 햇살을 온통 맞고 있는 검은 지붕
얼마간 햇볕을 받고 튕겨내는 갈색 지붕들

여보게
뾰족탑도 버리고, 슬래브도 버리고,
하얀 지붕도 버리고, 검은 지붕도 버리고,
경사진 갈색 지붕 집 지어본다면

망우정*에서 온 편지

두류산 기개를 벗 삼아
학문에 무예의 옷도 함께 입었던 세월
급제한 과거에 묻은 낙심은
백성과 나라만 바라보는 임진란에서
떨쳐버릴 수 있었네

얼마간 전공戰功에 끼인 시기의 한나절이
또다시 다가왔을 때
비슬산 기슭에서 삭혀온 세월
오오 이곳 낙동강 언덕에서
씻어 보내느니, 씻어 보내느니

* 망우정忘憂亭: 곽재우 장군이 노년에 기거했던 정자로 창녕군 도천면 우강
  2리 낙동강 언덕에 있다.

옛 채석장

임무를 마친 채석장이
긴 휴식에 들어있는 산기슭

모퉁이를 얼마간 잃었지만
산등성이를 포장한 보람으로 달랜다

생살을 떼어놓은 소리와 먼지에
깨어져 나갔던 고요의 수습도 한 추억인데
커다란 덩치에
하는 일 없던 부끄러움도 가시었다

이제 비명 지르던 속살의 상흔에
세월의 이끼가 끼어가지만
포장도로 넘어 빌딩도 우뚝하고
다리도 터널도 길게 뻗어

그 대견함을 반추하며 산다

무심사*에는 낙동강이 산다

낙동강이 걸려있는 법당 사이,
독경 소리 낭자하다

강바람이 풍경을 칠 때마다
강물이 마음을 비워내고

비슬산을 먼 시야에 두고
마당에 반야심경이 가득한데

덩-덩- 또 한 번 풍경이 울면
비어있는 강물에
마음이 들어서는 소리

* 무심사無心寺: 경남 창녕군 이방면

석류

9월 하늘의 파안대소들이
시린 세월을 터트린다

정월에 가지 가다듬고
여름 내내 농약이 벌레를 잡아주었더니
재 너머 야매*를 찾았던
시린 과거를 보듬어준다

정월 대보름 복조리 시든 자리
온 힘으로 가꾼 새 복덩이들

보릿고개 넘어온 얼굴들이 환하다
이렇게 잘 씹고 있다고, 행복하다고

* 무면허 치과의사

물건 방조림*

오늘이 힘들 때
물건 방조림을 조용히 만나시게
지나간 그리움 하나
오롯이 원형을 보존하고 있을 테이니
최선의 공격은 최선의 수비라는데
동구 밖보다 더욱 정면으로 부딪친 방파제에
그 해일, 맥없이 주저앉았지만
그래도 온몸으로 막아내던
방조림의 고난 아름다울 테니
쉽게 슬퍼하거나 노하지 마시게**
이 또한 지나갈지니

* 남해군 물건리 소재
** 푸쉬킨 시

또 한 번

사람 사이를 넘어 전령이 하나 또 찾아왔다

홍수, 가뭄, 산불에 놀란 가슴이
미생물에 허리를 굽히면서 두 번째

기습하는 바이러스의 무조건 격퇴가
유일한 진리라는 오만을 뒤흔든
그는 누구인가

사생결단의 전선에서 그래도
치명적인 공격을 보류하는 전세戰勢에 깨달은
WITH CORONA

기후에 이어 세균과의 또 한 번 화해로
사람들의 허리가 더 굽혀졌다

패자부활전 敗者復活田

패자의 밭에는 발아되지 않는
씨앗들이 산다

오로지 한 줄로 세워
둘러보아도 둘러보아도
일등만 살아남는 고독한 승리에는
겨우 몇몇의 벌나비가 날아들 뿐

물기가 없어서
퇴비가 없어서
잡초가 많아 거친 밭에

장학금, 농어촌 전형이란 물과 퇴비를 주면
야간대, 평생교육으로 잡초를 뽑아주면
패자들의 밭도 기름져 간다

나머지 99명이 피워내는 각각의 밭
향기가 짙은 패자부활의 꽃밭!

2부

심등을 기다리며

무료이대_{無聊 二代}

무언가 빠져있던
빠져있음을 모르는 것 같기도 한
사흘이 멀다 하고 취중에 있었던 어르신

그 어르신이 떠난 세상의 그 아들
운동한다고 마을을 돌아다니네
퇴직한 무료의 시간을 때우고 있네

자꾸만 겉도는 저 걸음질
자꾸만 새는 허허함

무료함도 전염되는가
저기 그 어르신의 그 아들

심등心燈을 기다리며

해 뜨고 달 뜨고 별이 밝아도
어둡던 곳을 밝히러 왔네

깊은 산중에서 분주를 가라앉히고
태어난 등불 하나
초파일 거리에 나온 연등 하나

우열을 가리기 힘든
공양식에 눈먼 무명들,
기와불사의 기복들과
템플 스테이의 일회성들

어둡던 등잔 밑의
바깥과 내부의 시도들이 자라

햇살보다 달빛보다 별빛보다 밝은
그 등 켰으면 좋겠네

도라지나물

도라지의 빅뱅은 한 줌의 씨앗으로부터이다

일 년으로는 짧다며
수년의 연륜으로 내공을 다지다가
그 속살을 내어놓은 생애의 주기들

보릿고개를 넘어온 엄마의 손맛이
한 번씩 고급으로 읽히는 봄날
제사상에 내려오신 아버지도 맛보고 간다

파랗고 하이얀 웃음이 입안 가득히 씹히다가
이윽고 식구들 가슴 가득히 메아리치는 별맛들

윤장輪葬에 관하여

이곳에서는 아직 바람 따라 떠나야 해
햇살이 빗방울이 도와주어야 해
차 바퀴에 치러지는 저승행은 금물이지
길 위를 가로지르는 다리들
이따금 동물보호의 표지판이 거들고 있잖아
바람을 가르는 한줄기 차 속을 건너는 게
어렵다는 걸 모르는 저 짐승들은
흙으로도 불 속으로도 내던질 수 없어
숲속에서 바람을 가르며 살고 지는
그들은 바람의 아들, 바람의 딸 일뿐

산너머 남촌에는*

해마다 겨울을 살라 먹고, 살라 먹고
앞산 너머에서 오고야 마는 봄이
살려내더라, 가난을 쫓아내더라
스러져가는 오막살이에
연둣빛의 그 노래 울려 퍼지게 하더라
60갑자 되도록 아른아른히
한술의 밥을 떠먹이거늘
드디어 찾아 나선 산 너머 남촌길
여느 야산 길, 갑남을녀의 동구밖길

* 김동환 시, 가수 박재란 노래

레커차에 끌려가는 자동차

직진을 보류한 타인의 시간이
노상에서 거꾸로 전시되며 간다
치료되거나 폐차장을 만나야 할 시간이
전신으로 웅변 되는데
그래도 정지 혹은 퇴보의 갈림길에서
마음을 되돌려보면
기워진 실수라도 전진을 추동하는 법
한때의 후퇴에 쉬어갈 수 있다 하네

놀부찌개*

놀부집의 찌개는 짠맛에 승부를 건다
음식의 맛을 올려주면서
양은 조금 빼는 짠 근성 속에
얼마간의 이윤을 녹여낸다
남에게 후한 흥부를 추방하고
단점이 장점으로 계승되는 새옹지마를
받아들인 행운들
세월을 고쳐가며 사는 삶에
수긍하는 걸음들이 분주하다

* 식당 이름

방생하는 제방

거친 대나무 찌가 흔들리던 날
붕어 날회, 찌개로 배 채우던 날이 저물었네
회충, 촌충으로 시달리던 아픔도 퇴치되었네

자가용을 제방 곁에 두고
서너 개의 릴낚시를 고루 드는 남자

텐트의 휴식을 대기시키며
어떤 날은 평일 휴식도 즐기면서
주 오일제의 낭만을 낭자하게 부려놓네

어쩌다 강태공이 저만큼 떠난 자리
늘상 엉덩이 붙이는 여유들이 분주하네

작은놈, 큰 놈 평등하게
항산항심恒産恒心의 방생도 부려놓고 있네

유인도를 위하여

살았던 푸른 섬에서 당신이 손을 놓자
쳐들어왔던 중이염의 놓쳐버린 소리에
보청기도 찾아주다 지쳐 나갔네
늘어진 근육에 방광의 수비도 허술한지
요실금의 공격에 자존심마저 내어주었네
모심기, 마늘작업에 펴지 못한 허리가
지팡이로 일어서는 일상
마을회관의 힐끔 힐끔 거리는
한낮의 눈초리들에 엄마는 낯설어 하는데
과거의 기억에 갇혀있는
지금의 발걸음은 더디기만 하네
더딘 심장의 펌프를 약이 부축하고
가랑거리는 기관지는 소독으로 받쳐주며
영육靈肉의 녹화사업에 앞장서는 섬
퇴직한 내 시야에도 어른거리네
대적할 자 없는 생로병사에
오늘도, 하루가 팽팽하게 맞서네

강촌 제방

너와 나의 공생은
그대의 다혈질을 제한함에 있다네
살다 살다 감정의 기복이 회오리칠 때는
외부의 견제가 필요한 법
너는 강물로 흘러야 하고
나는 농토를 일구어야 하는 타협에서
돌, 흙, 시멘트 한몸의 저 보험은
안심을 가져다줄 것이니

안개

어느 아침 어느새 젊음도 시들었는지
오늘 하루가 흐리게 다가오네
햇살이 어루만지자
다시 주위가 맑아지네
어제보다 근육이 탱글탱글해지며
일상 속으로 뛰어들라 하네
그대 생활이 차갑더라도
고칠 길이 있는지 살펴볼 일이네
거기, 시간의 선물도 곁에 있으려니

가두리 양식장

늘 일탈을 꿈꾸는 미륵도 바닷가
한때 큰 바다의 멀미에 지치기도 하였으나
긴 여정에 꽃피던 야생을 잊을 수 없네
희망과 절망이 흐르고 있던 유전자가
뼛속 깊이 각인된 자유의 갈망으로 측은하네
무지막지하던 파도와 고래의 입을
날렵히 피신하면서 꿈은 오히려 영글었는데
돌 틈과 해초 아니 바위의 변색,
유리하게 흘러가던 해류의 추억도 새록새록 하였는데
이제 안일은 뼈와 근육을 삭혀가고
피둥피둥 피어오르는 살은 존재마저 파먹고 있네
꿈이 시들면 맛도 떠난다고 하는 입방아들
안과 밖의 절묘한 조합을 꿈꾸는 하소연이
뜰채 위에서 마지막으로 몸부림인데
울타리의 경계를 지우고 사는 가덕대구여
견내량 헤치고 한산도 돌아
그 푸른 노래를 몰고 올듯하네

안거安居

장성한 양파가 아까워
여름 안거安居를 시키네

사나운 햇빛과 우기의 훼방을
벽 하나에 냉방기로 물리치는데
우란분절이 다가올 무렵
한번 세상을 엿보았네

올해 하안거는 쉴 틈도 없네
창살 너머 낙엽 지는 소리
이윽고 눈발 지는 소리

식음의 전폐 위로 서늘한 물동이
그 세례의 강 건너
저 산문의 빗장 열고 말리라

대보름 뷔페

고봉밥상이 보름 달빛에 고집을 풀자
한때 쇄국으로 버티다 질펀히 놓아버린
조부가 그 화해를 집어 든다

한식이 중식, 일식, 양식 사이에서
다정히 걸터앉는 김노인의 팔순,
깃드는 선린외교에
제국주의 열강도 숨을 죽였다

보릿고개에서 삼만 불까지
산전수전을 치른
며느리의 허리가 펴지는 저녁

창밖에선
두엄더미, 돼지 먹이로 향하던
잔반의 체면치레가 으깨어지는 소리,
한마당이다

성토盛土, 도원경에 들다

논이 밭으로 재빨리 체질을 바꾸었다

복숭아 꽃에 취한 국도변 과수원

어언 20살이 됨직해 보이지만

결실의 여정은 멀어 보인다는 것일까

올봄에도 여전히 춘래불사춘이고

찬란한 슬픔이더라*

이동식 농막을 들락이는 세월의 강태공이

오늘도 대어를 기다리고 있는

* 김영랑, 「모란이 피기까지는」

3부

볼록거울의 사랑

가변 차선로

출퇴근 시 회사 앞 로터리 안팎으로 뱀이 길게 몸을 늘어뜨리고 있다 아아 징그러워

정문 수위실의 병목을 넘어오려는 지친 몸부림. 사원들의 답답함은 부근을 지나는 시민들에게로 옮겨붙어 긴 꼬리를 민원(民願)들이 결국 밟았네 시민들의 소란에 놀라

출근 시 편도 3차선 차선 가운데 중앙선을 넘어 둘을 빌리고 퇴근 시는 거꾸로 내주기로 하면서 소통을 만들어 내자 그는 허물을 벗었다 다시 태어난 길 위로 날렵하게 차량의 뱀이 달려간다 좌우로 몸을 흔들며.

둔치

강물이 아직 미치지 못하니
언뜻 보면 영락없는 한량이네
수양버들이 듬성듬성 살고
잡풀도 우거지다가
부지런한 농부의 손길에
농작물 자리가 되기도 한다네
관공서의 눈살미에
운동기구들이 살기도 하지
강물의 분노가 최대치를 넘어오는
그 일탈을 기다린다네
품 안의 새끼들을 몽땅 내어주면서
제방 밖을 안심시키는
안보의 보루, 예비군임을 잊지 않는다네
조연이 있어 주연이 더욱 빛나는 강변에서
용서를 키워보네

광한루에서

광한루에 와서
밭 가는 소리 듣는다

몽룡과 춘향이가
사랑의 밭을 일구는 소리

그 쟁기 소리 너무도 깊고 깊어
아직도 울림이 울창한 소리

그때
다소 쇳소리가 섞여 있더라도

서로의 지극한 마음이면
점차 점차
화음으로 변해간다는 그 소리를

접촉사고

물 그윽한 못에
풍덩-
돌 하나가 던져가네

오,
번쩍 정신 든 저수지
급히 경기를 일으키네

연한 물의 속살이
바닥까지
근육으로 다져져 가면서

나태의 물,
안일의 물이 넘쳐가네
몸을 추스르네

고압선 매설지역

아무리 선의善意라도
너무 많은 정열은 위험해

땅속으로 가두어 정제를 시켜야
지상의 이웃들이 다치지 않겠지

어둠에 갇힌 몸 위로 이따금
맨홀의 감시망이 열리며
고독의 상처를 치료해주는데

세상의 진보에 밑거름이 되나
과격은 때로 불온한 것

기꺼이 감옥살이를 감수하며
지상의 등불에 심지를 내어주는
중용中庸을 안전히 밟고 가네

겨울, 경화역

겨울 경화역이 창밖으로 시리다
영롱한 꿈의 만개가 저물어간 곳에서
그대 다시 새봄을 예비하는가
사람들은
벚꽃의 한껏 부풂과
기차의 당당한 봄의 전령을 환호하지만
준비의 인내와 수고에는
얼만큼 생각의 여유를 주고 있을까
동지 지나 정월의 한파가
천지를 장악하는데
옷을 벗어버리고
눈조차 뜨지 못하는 저 인내들 속의
추위와 고독을 얼마나 헤아려 보고 있을까
지난여름의 무더위에 담금질한 경화역
벚꽃장의 마지막 고비를 넘고 있는 중이다

바람의 언덕*

해금강 입구 언덕에 들어선 공장 하나
빙글 빙글
바람을 붙잡아 사람들 앞에 내놓는다
사람들의 뭉게구름이 두둥실
바람의 이데아를 필사코 붙잡으며
빌딩 숲속의 허파를 헹구기에 바쁜데
입도 항문도 원천 차단되어 있다
입장료, 음식값, 숙박료들로 배가 불러온다
대금산이 진달래의 봄으로 한해를 열면
바다에서 화장 마친 내도, 외도가 여기 있다 하고
산 너머 구조라, 몽돌 해수욕장도
연이어 넓푸른 가슴을 연다
멀리 대형 조선소들이 크게 숨 쉬면서
완전히 가동에 들어간다 섬은.

* 경남 거제시

만어사 너덜경*

신어산** 고기는 너무 커서
북방의 낚시에는 잡히지 않는다는 것을
수로왕은 염려하였던 것일까
해발 670미터의 얕은 발걸음 앞에
남방 부처님의 말씀을 머금은
동해의 물고기 떼들을
산 위까지 눈부시게 비늘져 놓았다네
아무렇게나 미끼의 돌덩이를 던져도
뎅-뎅- 다가오는
엉기엉기 꼬아서 힘찬 소리의 말씀들
단일에 물든 기득권들을
바람이 불지 않아도 던진 만큼 낚이는
융합의 메아리에 한동안 목욕을 시켜 보낸다네

* 밀양시 삼랑진읍
** 김해시 삼방동

공곳이*
─ 不狂不及

공곳이에 들어서면서 마음이 설레인다
닦고 닦아 수정처럼 빛나던 생활에 비친
나의 점수가 궁금해진다
젊어 오지에 도전했던 그 기개가 남달랐고
평생을 지탱해 갔던 절개의 거울이여
이 언덕을 찾아오던 이들은
생활에서 손길을 길게 뻗치려는 꿈들이 아닐까
그렇지 않다면 늦은 걸음을 인정하는
대리만족의 현실타협이 아닐까
지척의 내도여, 조금 뒤쪽의 외도여
그대들이 이구동성으로 여기 있다 여기 있다 외치면
그 확신은 더욱 단단해진다네
봄날이면 다가오는 수선화여
꿈에 취해 살아온 평생에서 피어난 꽃이여

* 거제시 일운면 소재 명승지. 봄이면 수선화가 많이 핀다.

대견사*

사서삼경의 급제에서 벗어난 발자국 하나
비슬산을 탄다
하늘이 가까운 주상절리에서 걸음을 멈추자
낙동강이 천하를 감으며 '여기 있소' 외친다
바람결에 도성암에서 한 성인이 달려오고**
관기봉에서 또 한 성인의 달음박질이 숨차다
높이 오르자 비로소 보이는 사대事大의 고개여
가슴을 물들이는 팔도八道의 혼이여
북풍 끝나는 암자의 문살에 참꽃 붉게 물들면
뜨거운 유사遺事의 붓은 또 한 장을 메꾼다

* 대견사大見寺: 대구시 달성군 비슬산 해발 1,000m 소재, 일연 스님이 한
　때 수도하였다 함.
** 비슬산에 살았다는 도성과 관기

볼록거울의 사랑

그의 사랑은 항시 넘쳐있다
행여 당신의 부족한 시야로
차선변경과 방향전환의 해를 입을까 염려한다
평면의 깎은 사랑으로 부족하다고
2차선의 사이드미러는 1차선 너머까지
저 삼거리의 거울은 양쪽 길을 듬뿍 내어준다
고봉밥의 덤, 배고픈 시절은 지나갔지만
정성이 많이 허기지는 세상
듬뿍이 오늘도 운전자의 마음을 채운다

뻥튀기 노인

도시 골목의 곳곳에서 당신은
과거를 꽃피우고 산다
배고팠던 시절, 떡국 한 그릇의 추억
강냉이 한 종지의 허기를 붙잡은 노인네
그 속에서 생활비를 만들어 낸다
이따금 뻥튀기가 터지면
회색 먹거리도 함께 자기 멋에 겨워 폭발한다
설날의 얼버무린 강정으로 몸매를 고치면
뻥튀기의 고소함이 바람결에 묻어오는 오후
기초연금에 얼마를 더하려 박스 리어카가
저만큼 지나간다
마지막 남아있는 근육으로 얻은
한 봉지 한 봉지의 푼돈, 푼돈이지만
그와 어깨를 견줄만하단다
덩달아 약간의 건강도 챙긴단다

눈

　찌푸린 일제의 하늘 아래, 조국 잃은 고약함이 온통 냄새를 피운다 학교를 먼발치로 기웃거리던 어린 마음이 을씨년스러운데 그해 겨울의 눈발도 사나웠다 말을 빼앗기고 이름까지 바꿔 달았으며 공출의 신작로 달구지 너머로 해가 지는 저녁, 나라의 정체성은 허방에 허우적거린다

　연이은 6.25, 동족끼리 증오와 원한이 폭발한 폐허의 젊음은 좌우가 표류하는 거리에서 거듭 상처를 입는다 눈이 그치지 않는다 온난화가 태어나기 전의 눈은 자주 그리고 많이도 겨울을 장식했다

　입대 뒤 적응하기 위해 부대끼던 발이 눈의 객관적인 냉정에 푸른 몸살을 앓아간다 혼돈의 강을 건넘에 사대부士大夫의 피를 가졌으나 무학無學과 비합리의 아버지는 몸을 감당할 능력을 갖추지 못했으리라

　복무를 마친 뒤 논밭을 걸어 다닌 지게의 무게를 막걸리, 소주로 다독이다 알코올에 절여간 세월이 지나간다 눈은 언제 그칠까 전후 가난과 독재의 횡행하던 파고 속의 아버지가 돈과 권력의 세월을 입가에 띠웠을 때 아들의 심중이 가끔 흔들린다 이런 회색 하늘의 세파에 아버

지는 서서히 무너져갔다

권위주의에 시나브로 물든 아들이 은둔형 범생이로 연루되어도 학교와 가정 모두가 관여하길 꺼려했다 승자 독식의 경쟁터에서 승자와 패자 모두가 마음이 멀어 보이지 않기에 가능한 일이었다

그 아버지의 DNA를 나누어 가진 아들, 마을 선산 벌초의 산소 앞에서 이제사 고단한 이력의 아버지를 환갑의 연륜으로 반추한다 불충분하지만 최선을 다한 밑거름이 배어 있었다 성실의 망치로 바깥세상에 나온 아들이 우여곡절의 경제개발이 낳은 자가용을 만나 눈길을 뚫은 고향길, 눈 그친 하늘이 파랗다

화왕산 연가

태생적으로 남자였던 그
마그마로 근육의 기초를 잘 마련해 두었네
비바람의 회초리와 햇볕의 용광로에 드나들며
커다란 키와 우람한 몸매를 가꾸어온 지 오래
한때 진흥왕은 척경비의 깃발을 높이 꽂았고
임진란의 산성도 온몸으로 받쳐주었던 기억이
진하게 묻어나네
한 씨족의 기원을 처음 불을 뿜던 그 날처럼
태동시키면서
이젠 봄날의 연분홍 진달래 셔츠차림
가을날에는 은빛 갈대의 두루마기로
계절을 섭렵하며
거친 광야에서 민초들과 반야용선을 함께하는 산
그 이름 민들레 홀씨 되어 날아다니네

소라 타운

도시 한복판의 그 타운 옆으로
대로가 흐른다

큰길 건너 공장들이 바다를 이루고
사람들도 그 아파트를 흔들자
자동차들이 가세하여
밤늦게까지 출렁인다

신도시의 양수 속에서
수년을 자라던 아파트

그 곁을 지나갈 때마다
통통 살찐 소라 내음이 난다

4부

들판의 십자가

자동문

자동문을 지나면서
끼어들기에 몽둥이로 다스리는
막가파를 생각한다

앞에 다가서면
칼같이 비켜서는 눈치에 길들여진
그 사내

갑자기 차의 전방을 가로막는 무뢰한에
직선적인 거부감에 젖었을 것 같다

언어와 감정의 출렁임이 물러나고
기계의 신속함과 절도가 점령해버린 그 속에서
인정의 여유가 거세된 시간이 읽힌다

교동면옥

옛 대도시의 가운데서
뿌리를 단단히 박은 저 냉면집은
상속의 냄새가 풍기지 않는다
별들의 신호를 가슴에 담으며
도시가 팽창하자 그 원심력의 빅뱅으로
교외에 지점을 맺어간다
그때 명성의 인력에 이끌린 손님들로
지역의 입지가 새로이 중심을 잡는다
본점의 팽팽한 구심력이 낳은 폭발력만큼이나
뜨거운 삼복더위의 위들이
냉면으로 허겁지겁 허기를 채운다
알알이 덩치를 키우는 저 위성의 면옥
홀로서기가 흔들리기도 했으나
관성의 그 힘은 또다시 뻗쳐 나간다
흐린 하늘 뒤 별들이 숨어있음을 안다
그 무더위 지나면 다시 서늘한 가을을 채워
손자의 연속 폭발을 준비한다

중국 안마

지난 세월 굽은 등과 뒤틀어진 허리,
삐꺽이는 관절 속에서
보릿고개를 넘어가는 아버지, 엄마를 찾는다
그저 아들딸들의 아쉬운 손길 속에
유행하던 국민체조는 구호로만 다가오며
시간들 속에 방치되어 있다
트랙터, 콤바인이 설쳐대는 동네 입구
그 사이를 비집고 들어온 중국발 안마 가게들
늙어버린 부모들, 떠나버린 아이들의 논밭에서
그래도 괜찮다며
늦가을 햇빛 속의 이삭을 줍고 있다

베트남 댁

남쪽 먼 하늘에서 쏟아지는 별빛을 맞으면서
십자성을 찾던 그녀가 집을 떠났단다
이국의 피붙이 보다 헐벗은 가족들을
사무치게 챙겼던 눈물이 진하게 여울진다
헌 신짝처럼 팽개친 어린것들을
늙은 할머니가 거두어들이는 앞집
젊은 남자의 비어버린 옆자리가 서늘하다
초등학교도 팽개치고 공장으로 떠났던
우리 마실 순이도 떠났던 길
가냘프고 연약한 그 어깨의 짐이여
친정에 부칠 그놈을 찾아 떠돌고 있을까
밤하늘 한가운데 초승달이 저리도 가냘프다

들판의 십자가

마을 밑에 옹기종기 굽이치던
논두렁의 논들
가뭄의 허기에 시달리다가
수십 년 전에 남북으로 큰 수로가 그여
해갈하더니
이제 동서로 농로가 더해져
트랙터와 콤바인이 마음껏 드나든다
지게의 어깨가 휑하니 가볍다
가로와 세로획이 교차하는 저 들판
순교의 두 길이 뚜렷하다

다시, 수타면

편해 버린 몸에 이어

마음까지 연좌된 세월을 고친다

어느덧 기계가 뽑아낸 맛에

투박한 그 맛은 낯설은 지 오래인데

짧은 행갈이가 무조건 시가 아니듯

가는 면발은 필요조건임을 안다

온몸의 감각으로

두드리다 당기고 펴서 우려내던 근육이라야

충분조건을 채운다는 것을 눈치챈다

메밀꽃 필 무렵

저물어가는 가을볕 밭고랑에서
메밀꽃이 여리게 웃는다
아직 햇살의 양분이 남았는데
비료와 퇴비를 좀 머금고 가을비를 마시게 해 주면
그게 어디냐며 먹고 살기에 괜찮단다
늦었다고 할 때가 제일 빠르지 않는가며
서른이 넘어 직장 잡고 늦장가 들었지만
육십에 퇴직하는 당신을 되돌아 보라 한다
김장 배추와 무도
더 짧은 자투리 빛을 나누면서 가을 강을 건넌 뒤
양파와 마늘, 시금치는
저 겨울 산고개를 더욱 힘들게 넘어갈 것인데
이 정도는 아직 호강이 아닌가 한다
다시 시작을 물고 오는 가을 속으로
메밀은 희망의 맨 앞줄에서 살아간다

마늘 밭

어쨌던 일 년에 한번 매입자의 열병식을 성공시켜야 하리 우리 가족을 먹여 살리려면 그래도 돈 된다는 창녕 마늘인데 이름값을 놓쳐서는 안 되지 트랙터로 칼같이 다듬은 오와 열에 거름 찰지게 넣고 비료도 먹여가며 기본을 갖추어 가야지 없는 일손에 외국인이고 할머니이고 웃돈 넣어 쑥쑥 꽂아야 하리 검은 비닐 옷으로 동장군도 물리치고 잡초의 차단시키고 식수도 간간이 챙겨 줘야 하지 입춘 보내고 우수 들면 웃 비료 먹이도 주고 꿈틀대는 병충해도 농약으로 물리쳐야 4월 훈풍에 쭉쭉빵빵 키도 키우고 5월 봄비에 넘실넘실 가슴둘레를 키워 가면서 그 서늘한 열병식의 눈초리, 온 등허리로 받아내야지

산의 탈모

산도 젊어지고 싶나 보다
대기가 차가워지는 가을녘
유전적으로 활엽수들은 떨구는 잎에 야위어 가고
풀들은 점차 가늘어지며 빠진다
눈까지 퍼붓는 소한, 대한이 다가오면
듬성듬성한 머리숱의 바닥이 훤히 드러난다
그래도 소나무 잣나무의 상록수는 건재하며
산의 마지막 자존심을 지킨다
악산(惡山)의 선천성이야 어쩔 수 없다지만
지난날 땔감의 탈모도 심했지만
요사이는 근방 논두렁 불이 전염시키기도 하면서
스트레스에 많이 시달린다
이제 울창한 산은
대기의 여과기가 되고 강들의 샘이 되는
젊음의 원천이다
하루에도 몇 번씩 귓가에 메아리치는
산불방지의 확성기 목소리
대머리가 되기 전에 주의하라고 외쳐댄다
먹고살 만한 세상, 외모도 잘 가꾸라며

한정리 벚꽃

한정리 사람들이 벚꽃 속에서 찌들었던 얼굴을 편다
환한 꽃송이가 그 시린 가난의 흔적을 얼마간 씻어갔
을까
저 잔칫상 수육 속에, 토마토랑 수박 속에
찬 고무신으로 눈발을 틔워내던 세월의 궤적이 녹아있다
먼 길을 달려온 초청 가수의 무대가
덧없던 어머니들의 찔레꽃*을 끄집어내면서
고단했던 다리와 어깨를 관광버스에 실어가던
촌노들의 발길을 돌려세운 축제
지자체의 공약에서 피어난 이력으로
우리가 사는 곳도 파보면 우물물이 나온다는 위안이
한창이다
어디선가
일제와 6.25의 억압과 폐허를 넘어가는 상엿소리 들
린다
젊은 친구가 빠진
보릿고개를 넘어온 눈물의 축제가 싱겁기도 하여
이웃 저수지의 너른 가슴, 푸른 마음의 미끼에
가까운 공단, 신도시의 젊은 발걸음도 얼마간 보탠다

* 대중가요 제목

거가대교

차마 스크루의 그 길을 막을 수 없었네
가난의 등짐을 떼어버린 승전고 앞에
바닷속으로라도 비켜서야 했네
벗어나기만 하고 들어오지 않던 설움이
푸른 물결 위로 녹아내리네
거대 조선소의 혁혁한 현대성과
해금강, 몽돌 해수욕장의 눈부신 원시 속으로
병목을 내던지며 가네
포로수용소에 갇혔던 역사도
더 이상 쇄국을 고집하지 않네
위태하던 거제대교의 한쪽 팔이
두 팔로 섬을 완전히 얼싸안은 지금

송기떡의 추억

뻐꾹새 울음소리
하늘 저편에서 메아리치던 날
보릿고개 앞에서 서성거리던 조선 낫들
앞, 뒷산에서 싱싱한 소나무 껍질을 캐면
물오른 속살들이
동네 어머니들 손의 귀한 쌀가루에 비벼진다
생고구마 우걱우걱,
구운 풋밀을 잘근잘근 씹으며
황토밭 넘어 검정 고무신 하굣길
가난도 세월 앞에서는 아름다운가
'김영철의 동네 한 바퀴'*가 불러낸
합천시장의 송기떡 장수
퇴색되어버린 추억을 팔고 있네

* KBS 방송 프로그램

도동서원*

도道가 동쪽에서 발원되겠다니
발상은 웅대하나 그만큼 그늘도 깊었다
사대事大의 고개를 넘어 꿈꾸었던 청출어람도
임진란과 병자란에 허약한 허리를 내주면서
절름거렸다
스승은 부관참시, 제자는 사약으로
얼룩진 세월의 준령에서
실패한 역사도 반면교사反面教師로 가치로울 때
살아서 돌아오는구나
실학의 여과에도 살아남고
대원군의 철폐령도 비켜 가며
끝내 유네스코 문화유산까지 오르고만
거대담론의 나그네여
과도한 이념의 살을 빼고 결핍의 실용을 채워보네

* 유학자 한훤당 김굉필을 배향한 서원, 대구시 달성군 소재

케이블카

저 케이블카처럼 살고 싶다
산꼭대기까지 여정에 걸음은 지치는데
하늘을 날아가는 여행은 너무 싱겁단다
한 줄의 가능성, 한 줄의 집념을
허공에 속보로 가는 저 꿈을 보란다
방방곡곡 울려 퍼지는 새 삶의 노래에
희망곡의 신청자도 저리도 많다

은행나무

가을을 맞는 은행나무
그 속에 노오란 반항기가 들어있네
푸른 절개의 강요에
분출하는 낭만의 빛깔이 선명하다네
그래도 그 머리는
높은 하늘과 맑은 대기에 젖어있어
이윽고 혹독한 겨울의 암에
머리가 모두 빠졌다가도
새봄에 제정신으로 돌아오네
파란 옷 속으로
쑤욱 키운 몸들이 눈부시네

종점에 대하여

종점에 다다른다고
막막해한다면 섣부르다

백척간두에서 한 걸음 한 걸음
두려움을 용기로 바꾸어 전진하면

버스로야 끝이 되겠지만
선착장이 기다리고 있지 않던가

두드리고 두드리다 보면
이리저리 발버둥 치다 보면

육로의 끝에 다다라
공항도 나타나지 않던가

삶의 막다른 골목에서도
탈출의 미로는 보인다

되돌아가는 길이
때때로 맞는 길이기도 하지 않던가

양계장

사료로 배를 채우며,
전등 불빛으로 날밤을 새워
몸매를 뽑아내는 그들을 떠올린다

통닭으로, 달걀로 다가오는
삶의 궤적들이 신산하다

이윤을 따라가면 부가 있다 했는데
그 길로 걸어간 닭들의 지난날이
입속에서 자꾸만 덜컹거린다

넓은 마당에서 뛰놀며
모래흙에 헤엄치며 일광욕을 듬뿍하던
그들의 자유가 떠난 지 오래인데

아, 그리고 보니
닭장 같은 아파트 속에서
햇빛이 그리워
다릿심 올리려 걷기를 하는 나는

이따금 그리운 촌닭을 만나러
그 백숙집에 가는 나는!

자연 회귀와 긍정의 시학

이 월 춘(시인 · 경남문학관 관장)

1. 들머리

왜 우리는 문학을 가까이하는가. 왜 시를 좋아하고 읽는가. 이 물음은 시란 무엇인가와 연결되어 있다. T.S 엘리엇은 '시의 정의의 역사는 오류의 역사'라고 했듯이 시를 한마디로 정의하기는 어렵다. 정호승 시인은 '모든 인간에게서 시를 본다'고 했다. 결국 문학이란 사람살이에서 오는 눈물겨움 아니던가. 잘 드러나지 않은 삶의 그늘에서 꿈틀거리는 생명 있는 것들의 안쓰러움 아니던가. 남을 배려하는 마음은 나를 배려하는 마음이다. 이렇게 작은 마음 씀씀이가 사람과 사람 사이의 간격을 좁힌다.

시를 읽는 것은 영혼을 맑게, 향기롭게 만드는 일과 같다. 시인의 맑은 눈빛이 독자의 영혼을 정화하고, 삶에 지친 현대인에게 평안한 휴식과 위안을 주는 짧은 문장의 언어들은 사랑과 희망의 따스함을 담고 조용히 속삭인다. 아울러 힘들고 팍팍한 현실의 고개를 당당하게 넘어갈 수 있게 다독인다.

'시인은 말을 누르고 달래는 자이다. 그러면서 동시에 안 잊어버리려고 종이에 깨알같이 적어두고, 꿈에서도 깨어나 항아리에 담아두었다가 결국 익혀 말의 술을 빚는 자'라는 최정례 시인의 말을 음미할 필요가 있다. 시적 대상과 대상 사이의 관계를 애정의 시선으로 살피고 나아가 사람살이의 의미를 사랑으로 엮어내는 사람이 바로 시인이다.

시는 궁극적으로 자기 탐구의 행위다. 왜, 언제 울어야 하며, 땀을 흘려야 하는가를 알아야 한다. 진정으로 남을 위해 울 수 있는 마음을 갖고, 자신만의 수련으로 가야 한다. 언제나 시의 가장 중요한 주제는 자신이기 때문이다. 시대적 양심에 예민한 시인들은 그 고통을 비껴갈 수 없었기 때문에 역사와 양심의 증언을 하기 위해 서사적, 혁명적 경향으로 흐를 수밖에 없었지만, 결국은 시의 본류인 서정으로 돌아올 수밖에 없었음을 보지 않았던가.

흔히 시는 소리와 의미의 유기적 결합이라고 한다. 이때 소리는 시를 규정하는 중요한 요소의 하나인 음악성이다. 시의 음악성은 의미와 내용을 분명하게 하고, 시적 대상과 독자의 거리를 가깝게 해주는 기능을 갖고 있다. 그래서 시적 리듬은 작품의 전체적 정서를 배가시키면서, 시를 읽는 재미를 준다. 자연과 고향 또는 유년의 회상 이미지의 시를 쓸 때 서정으로의 회귀라는 긍정적 의미가 있지만, 현실 도피의 자연회귀가 되어서는 곤란하다. 자연에도 인간 세상이 담겨 있어야 진정한 서정이 될 수 있다.

　시를 쓴다는 것은 삶을 쓴다는 것이다. 삶을 배우는 것이다. 삶에는 진실과 아름다움이 있다. 시는 진실해야 한다. 시는 삶이기 때문이다. 시를 쓴다는 것은 삶에 대한 지극한 열정의 또 다른 이름 쓰기이다. 삶을 애타게 찾아 그 삶의 아름다움을 삶답게 담아내는 작업이다. 시인의 성정 속에 들어있는 본원의 마음을 드러내는 작업이 곧 시이고, 화자의 감정을 직접 드러내지 않으면서도 시적 대상을 통해 그 심연의 세계를 표현한 것이 시다. 시인의 임무는 새 정서를 찾는 것이 아니라 보편적인 정서를 활용하는 것이라는 T.S 엘리엇의 말에 공감한다.

2. 베이비부머의 등짝을 쓸고 가는 바람

　이 시집은 곽병희 시인의 두 번째 시집이다. 경남 창녕 출신인 그는 첫 시집『베이비부머의 노래』를 상재上梓한 지 여섯 해 만에『도깨비바늘의 짝사랑』을 펴내는 것이다. 첫 시집은 제목이 그렇듯 시인 자신의 세대인 베이비부머의 신산한 삶과 현실적 인식을 담고 있다. 경남

문예대학 시창작 과정을 수료하고,『한국문인』으로 등단 (2003년)한 이후 한국문협, 경남문협, 진해문협, 경남시 인협회, 곰솔문학회 회원으로 활동하고 있으며, 진해문 협 회장, 경남문협 이사를 역임하였고 지금은 진해문협 및 경남문학관 이사를 맡고 있다. 평생을 진해에서 해군 군무원으로 재직하고 퇴직한 후 지금은 진해와 고향 창 녕을 오가면서 생활과 문학을 이어가고 있는 그의 삶에 건투를 빈다.

먼저 그의 첫 시집에서 한 편을 읽는다.

> 그 도시에
> 물반 고기반의 전설이 많이 헤어졌다
> 마이카족들로 변신한 고기들이
> 노오란 부이의 파란 찌를
> 더 이상 덥석덥석 물지 않는 것이다
> 아이엠에프가 한바탕 휘젓고 지나자
> 그 빌딩 숲속이 한층 맑아졌는데
> 그 속을 휴대폰으로 무장한 대리운전족들이
> 또다시 저인망으로 훑는 시절이 지나간다
> 치어 하나라도 놓치지 않을 각오다
> 이웃 도시로 향하는 대로에 줄지어 선
> 세월을 낚는 황색 희망들
> 그 속에서 시외행 도다리 하나 건진다면
> 백목련 같은 전등 하나 앙상한 가슴을 밝히련만
> 늦은 달빛이 주섬주섬 내려

LPG가스통을 품은 저 엉덩이들이 위태위태하다
            ―「베이비부머의 노래 3―택시운전」 전문

　베이비붐 세대는 이미 은퇴가 시작되어 제2의 인생을
준비하거나 시작한 상태이다. 베이비붐 세대 중 많은 은
퇴자들은 자신의 어린 시절 추억의 공간으로 회귀하려
는 경향을 보이고 있다. 바로 인생 2모작 사업이다. 소
위 똑똑하고 능력 있고, 여기에 고향이 농촌인 사람들을
다시 농촌으로 유입시켜 지방 인구소멸은 물론 농촌 공
동화 문제를 해결할 수 있는 훌륭한 대안으로 보고, 각
지방자치단체에서 활발하게 추진하고 있는 귀농 · 귀촌
지원정책이다. 물론 그렇지 못한 많은 사람들은 택시 운
전을 하거나, 아파트 경비로 일하기도 한다. 경제적 어
려움 때문이기도 하고, 아직 놀기는 아쉽기 때문이다.
　택시 운전의 어려움을 물고기와 낚시로 비유하고 있는
이 시는 소시민의 삶을 날것 그대로 드러낸다. 시인은
자신이 발 딛고 살아가는 현실을 시적 대상으로 삼아,
척박하고 쇠락하는 것들에 대한 안타까운 마음과 애착
을 끊지 못한다. 세상 제일 낮은 곳의 삶과 약한 존재들
에 대한 삶을 기록하고, 어떻게 하면 시인으로서 역할을
충실히 이행할 것인지를 고민한다. 이것은 서정적 자아
가 갖는 측은지심의 발로로 보아도 무방할 것이다.
　돈이 세상을 지배한 지 오래다. 세상은 전쟁터고, 사
회와 현실은 냉혹하다고 누구나 말한다. 그러나 경쟁에

서 이겨야 하고, 냉철해야 한다고 스스로 다짐하는 마음
이 결코 아름답지 않다는 것도 안다. 세상이 눈 내리는
빙판이라 해도, 손발 얼어붙는 매정한 세상이라 해도,
시인은 국밥 한 그릇처럼 따스한 온기를 불어넣는 다정
한 입김이 되어야 하지 않겠는가. 그 측은지심의 마음이
없다면 시는 시가 아니다.

　시인이여, 봄이 가는 것이 아쉬운가. 세월이 가는 것
이 아쉬운가. 돌아보면 아무것도 이룬 것이 없는데, 생
이 이토록 빨리 지나가니 두렵다고, 슬프다고 탄식하지
마시라. 생각해 보면 가장 아쉬운 것은 아무렇지 않게
그냥 하루가 가는 것이 아닌가. 서슴없이 날이 밝고, 그
냥 바람이 부는 나날이지만 우리에겐 약자를 보고 측은
해하는 마음과 잘못한 것을 두고 부끄러워하는 마음도
있고, 옳고 그른 것이 무엇이지 판별하는 마음과 욕심내
지 않고 양보하는 마음도 있으니. 세상에는 악이 창궐하
고, 마음에는 번민이 밀려와 넘치고, 모든 것은 봄날처
럼 사라지는데 우리는 과연 세상을 사랑할 수 있을까,
사랑하는 일이 가능할까, 이런 생각을 시의 바탕에 깔고
싶지 않으신가.

　『경남문학』 2022년 봄호에 실린 작품 한 편을 읽는다.

　　이곳에서는 아직 바람 따라 떠나야 해
　　햇살이 빗방울이 도와주어야 해

차 바퀴에 치러지는 저승행은 금물이지
길 위를 가로지르는 다리들
이따금 동물보호의 표지판이 거들고 있잖아
바람을 가르는 한줄기 차 속을 건너는 게
어렵다는 걸 모르는 저 짐승들은
흙으로도 불 속으로도 내던질 수 없어
숲속에서 바람을 가르며 살고 지는
그들은 바람의 아들, 바람의 딸 일뿐.

ㅡ「윤장輪裝에 관하여」 전문

　로드킬, 동물이나 사람 등이 차도에서 차에 치여 죽는
것을 의미한다. 쉽게 말해서 교통사고이다. 비행기와 조
류의 충돌인 버드 스트라이크도 있지만, 사실 로드킬을
많이 당하는 생물은 다름 아닌 곤충으로, 특히 여름철에
많이 발생한다. 어떤 차든 몇 번 운행하다 보면 앞 범퍼
에 곤충 사체들이 많이 붙어있는 것을 볼 수 있다. 하지
만 사람들은 신경 쓰지 않고 와이퍼 등으로 닦아내기 때
문에, 대수롭지 않게 생각해서 그런지 곤충은 로드킬에
포함되지 않는다. 지하철이나 기차에 동물이 치여 죽는
것도 로드킬에 포함되는데 역시 곤충은 포함되지 않는
다.
　이 시는 로드킬에 대한 안타까움을 담고 있다. 로드킬
에 관한 시는 많은 시인들이 다룬 주제다. 그만큼 시인
의 현실에 대한 천착을 부르는 대상이 된다는 말이다.

다 문명의 이로움 뒤에 있는 어두운 단면을 노래한다는 측은지심의 발로다.

시집 『도깨비바늘의 짝사랑』은 총 4부, 예순여 편의 시를 싣고 있다.

> 마을 밑에 옹기종기 굽이치던
> 논두렁의 논들
> 가뭄의 허기에 시달리다가
> 수십 년 전에 남북으로 큰 수로가 그어
> 해갈하더니
> 이제 동서로 농로가 더해져
> 트랙터와 콤바인이 마음껏 드나든다
> 지게의 어깨가 휭하니 가볍다
> 가로와 세로획이 교차하는 저 들판
> 순교의 두 길이 뚜렷하다
>
> ─「들판의 십자가」 전문

예전에 경지정리가 안 된 논의 논두렁은 정겨운 면은 있었지만, 농사를 짓는 처지에선 불편한 점이 많았다. 특히 가뭄이나 홍수 때는 대책이 없었다. 그 대책은 가뭄 때 강이나 저수지에서 안정적으로 물을 끌어오고, 홍수 때는 배수가 잘되도록 수로를 정리하는 경지정리였다. 도시화로 젊은 사람이 농촌을 떠나 도시로 나가다 보니 농사를 짓는 사람도 줄어들고, 또 시대가 좋아져서

농기계로 농사를 지어야 하니, 대부분 경지정리를 해서 지금은 네모반듯한 논을 쉽게 본다.

고향이란 사라진 과거의 시간이 아니라 현재 속에 함께 하는 기억의 공간이며, 현실의 고통과 외로움을 극복하게 하는 따스한 공간이다. 시적 자아는 그런 농촌의 현실을 이전의 모습과 대조하면서 시대의 변화를 읽고 있다. 어찌 아쉬움이 없으랴. 인간이 자연을 지배하고 내면화된 현실을 벗어나 다시 자연의 품으로 돌아가자 한다. 그것은 생명의 리듬을 되찾는 길이자 세계의 대상으로 다가가는 일이다. 자본으로 점철된 사회를 벗어나 자연과 더불어 살아가는 참된 일상을 추구하고자 한다. 시인의 고향인 창녕은 양파 농사로 유명한 곳인데, 일할 사람이 없어 농번기 때는 외국인 노동자들을 모집하여 일손을 채우기도 한다. 어디 창녕뿐인가. 진영과 북면의 단감 딸 때도 외국인이 하는 형편이니까.

남쪽 먼 하늘에서 쏟아지는 별빛을 맞으면서
십자성을 찾던 그녀가 집을 떠났단다
이국의 피붙이 보다 헐벗은 가족들을
사무치게 챙겼던 눈물이 진하게 여울진다
헌 신짝처럼 팽개친 어린것들을
늙은 할머니가 거두어들이는 앞집
젊은 남자의 비어버린 옆자리가 서늘하다
초등학교도 팽개치고 공장으로 떠났던

우리 마실 순이도 떠났던 길
가냘프고 연약한 그 어깨의 짐이여
친정에 부칠 그놈을 찾아 떠돌고 있을까
밤하늘 한가운데 초승달이 저리도 가냘프다
                              —「베트남댁」 전문

　이제는 너무 흔해져 아픔마저 무뎌진 현상, 농촌의 노
총각들이 베트남이나 필리핀 등 외국인들과 결혼하는
현실과 거기에서 파생되는 갖가지 문제들에 대한 애정
어린 시선이 독자들에게 무겁게 다가온다. '우리 마을 순
이'와 '베트남 여인'을 동일 선상에 놓고 현실의 아픔을
그려낸다. 베이비부머인 시인이 감당해야 할, 결코 가볍
지 않은 삶의 무게다.

3. 수구초심首丘初心의 자연 회귀

저물어가는 가을볕 밭고랑에서
메밀꽃이 여리게 웃는다
아직 햇살의 양분이 남았는데
비료와 퇴비를 좀 머금고 가을비를 마시게 해 주면
그게 어디냐며 먹고 살기에 괜찮단다
늦었다고 할 때가 제일 빠르지 않은가며
서른이 넘어 직장 잡고 늦장가 들었지만
육십에 퇴직하는 당신을 되돌아 보라 한다

김장 배추와 무도
더 짧은 자투리 빛을 나누면서 가을 강을 건넌 뒤
양파와 마늘, 시금치는
저 겨울 산고개를 더욱 힘들게 넘어갈 것인데
이 정도는 아직 호강이 아닌가 한다
다시 시작을 물고 오는 가을 속으로
메밀은 희망의 맨 앞줄에서 살아간다
　　　　　　　　　　　　　　－「메밀꽃 필 무렵」전문

　요즘의 시들을 보면 시 본래의 궤도를 이탈하여 난삽
한 비유와 치기 어린 넋두리, 문법과의 과도한 충돌, 중
언부언의 나열, 의미 없는 산문화에 진을 빼고 있는 건
아닌지 염려된다. 이럴 때일수록 시의 위의威儀가 새삼
강조되어야 한다. 지금 여기의 문제 상황에 직면하면 시
인은 절실하고 긴급한 언어에 매달리게 되고, 문학의 사
회적 역할에 대해 고민하게 된다. 저 80년대의 운동권
문학이 가졌던 문제들, 절제되지 못한 언어들과 현장 목
소리의 구호화가 실패한 원인은 시적 리듬과 서정성을
잃어버렸기 때문이다.
　이 시는 그런 염려를 거두게 한다. 어려운 시어와 상
상력의 복잡한 구성이 없어 자연스럽게 읽힌다. 독자들
이 시에 자신의 삶을 겹쳐 읽으면 시가 한층 친숙하게
다가온다는 걸 느끼게 된다. 시가 삶을 어떻게 대하고
있는가를 파악하고 나서, 내 삶에서 똑같은 형상을 발견

하게 되면, 시에 대한 거부감은 사라지고 좀 더 친숙하게 시를 접하게 된다는 말이다.

시를 읽지 않아도 삶에는 아무 문제가 없다. 유용한 면에서 시를 논하면 가장 무관한 것이 시일지도 모른다. 바로 그렇기 때문에 시가 우리 삶에 필요하다. 이 시도 결국 시적 대상에 대한 사랑을 바탕에 깔고 있으므로 시대적 변화에 따른 슬픔을 품고 있고, 그것이 우리를 살찌운다. 사랑의 상실, 대상에 대한 무관심, 그런 권태야말로 시인에겐 더없이 참을 수 없는 고통이기 때문이다. 물질적인 가치, 실용적인 영역에 속하지 않는 것들의 역할은 분명 있다. 시인의 다른 시 「마늘밭」이나 「중국 안마」 같은 시도 그런 영역에서 읽힌다.

> 잘난 인물과 향기로
> 벌나비를 유혹할 수 있었더냐
> 가볍고 유연하여
> 바람의 돛배를 탈 수 있었더냐
> 보풀보풀 털을 붙들어야지
> 싫다 하여 얼굴 찌푸리지만
> 자꾸만 내동댕이 쳐버리지만
> 결국 짝사랑으로 끝날 운명이지만
> 그것으로라도 벌어 먹고살아야지
> 외곬의 사랑은 불안한 법
> 그의 거부의 순간에 너는
> 대지의 품에 안긴다

도와주지만 책임지지 않는
의타의 길을 또렷이 기억하렴
-「도깨비바늘의 짝사랑」 전문

도깨비바늘은 전국의 산과 들 양지바른 곳에 자라는
한해살이풀이다. 원줄기는 네모지며 털이 약간 있다.
아래를 향해 난 가시 같은 털이 있어 동물의 몸을 비롯
한 물체에 잘 붙는다. 대부분의 식물들이 그렇듯 스스
로는 씨앗을 뿌리지 못한다. 대표적인 식물로 도꼬마리
가 있다. 도꼬마리는 통통한 열매의 표면에 낚시처럼
갈고리가 달린 가시가 있어서 물체에 붙어 잘 떨어지지
않는 모양을 하고 있다. 등산을 하기 위해 숲길을 걷다
보면, 바늘 같은 긴 열매가 언제 어디서 붙었는지 모르
게 옷에 달라붙어 있을 때가 많다. 이처럼 언제 옷에 달
라붙었는지 몰라 도깨비처럼 달라붙었다고 해서 도깨비
바늘이라고 부른다고 한다. 씨앗을 움직이는 동물의 몸
에 붙여서 멀리 퍼뜨리려는 유전정보를 발전시켜 온 지
혜의 결과이다. 동물의 몸이나 사람의 옷가지에 붙어
멀리 퍼뜨린다. 이 시는 자연 속의 삶에서 겪는 자연스
런 현상을 인간관계에 빗대고 있다. 외곬의 사랑으로
읽어내는 화자의 시선은 결국 더불어 삶의 자연섭리와
닿아 있다.

필자는 이 시를 '향토적 서정시'라 규정하고 싶다. 지
금까지 많은 시인들이 향토적 소재와 서정적 정서를 바

탕으로 한 작품으로 대중의 사랑을 받아왔음은 분명하다. 흔히 평범한 사람들의 일상 속에 감춰진 삶의 진실을 탐구하고, 운명이나 한과 같은 전통적인 정서에 부응하며, 서정성을 유발하는 다양한 장치로 수준 높은 예술미를 보여주는 작품을 말하지만, 「도깨비바늘의 짝사랑」은 그런 수준의 미학성 획득에는 이르지 못한다. 이런 시는 분명 단순화의 위험성이 있다. 그래도 향토의 정서를 반영하면서 삶과 섭리의 단계까지 나아간 점은 평가되어야 한다. 서구적 근대화가 급작스럽게 진행되는 것에 피로감을 느낀 사람들이 전통적 정서에서 위안을 얻었다는 점, 특히 해방 이후 학교 교육에서 이런 탈이데올로기적 시학을 대거 수용함으로써 대중의 공통된 미적 경험을 담고 있기 때문이다.

낙동강이 걸려있는 법당 사이,
독경 소리 낭자하다

강바람이 풍경을 칠 때마다
강물이 마음을 비워내고

비슬산을 먼 시야에 두고
마당에 반야심경이 가득한데

덩-덩- 또 한 번 풍경이 울면
비어있는 강물에

마음이 들어서는 소리

– 「무심사에는 낙동강이 산다」 전문

무심사는 시인의 고향 창녕군 이방면에 있는 절이다. 정의 이름처럼 '강바람이 풍경을 칠 때마다' '마음을 비워낸'다. 고향의 절에 가서 화자의 마음을 다스리는 자기 정화의 모습이 떠오른다.

강은 바다와 다르다. 같은 물이래도 바다는 보다 원초적인 자연이다. 그에 비해 사람 가까이에 사는 강은 사람을 많이 닮았다. 그래서 강은 사람의 인생처럼 굽이굽이 흐르는지 모른다. 어느 때는 마르기도 하고, 어느 때는 사납게 꾸짖으며 범람하기도 한다. 강은 고향의 서정을 담고 있다. 연어가 회귀하는 것처럼 언젠가는 돌아가야 하는 곳, 마치 커다란 사람, 오래된 사람 같다. 그래서인지 우리 시는 강을 표현한 작품이 숱하게 많다. 시인에게 낙동강은 고향이자 마음을 씻는 곳이다. 나아가 지금까지 세상을 따라 흐르면서 쏟아냈던 눈물을 씻는 곳이다. 그 강을 안고 있는 무심사는 시인의 마음을 따뜻하게 씻을 수 있는 곳이다.

시인의 고향에 대한 애틋함과 사랑을 담은 시는 많다. 「송기떡의 추억」도 그렇고, 「망우정에서 온 편지」「부용정행」도 그런 부류의 시에 속한다. 수구초심의 발로가 아닐까 싶다.

4. 삶의 여유와 긍정의 시학

현실을 있는 그대로 받아들이고, 더 나은 삶을 향해 나아가는 태도가 바로 긍정이다. 알아도 행동을 하지 않고 생각에만 잠겨 있으면 결국 부정적인 기운들이 나의 마음속을 가득 채워 풍요롭고 여유로운 삶을 살아가기 어렵게 된다. 내가 원하는 자유로운 삶, 원하는 것을 언제든지 할 수 있고, 원하지 않는 것을 하지 않을 수 있는 자유로운 삶을 이룰 수 있는 긍정의 힘을 극대화하는 삶이 베이비부머 세대에겐 필요하다. 한걸음 물러서서 욕심 없는 여유로운 마음과 긍정적 시각으로 세상을 보면, 현상을 밝게 보게 된다. 긍정하는 마음은 변화를 감사로 수용하는 풍요로운 노년이 되기 때문이다.

현실을 긍정적으로 보던, 부정적으로 보던 분명한 것은 현상 그 자체는 변하지 않는다. 그러나 그 결과에서는 큰 차이가 난다는 것은 분명하다. 곽병희 시인은 인생의 후반부를 살면서 여유와 감사의 마음을 긍정의 힘에서 찾고 있다.

종점에 다다른다고
막막해한다면 섣부르다

백척간두에서 한 걸음 한 걸음
두려움을 용기로 바꾸어 전진하면

버스로야 끝이 되겠지만
선착장이 기다리고 있지 않던가

두드리고 두드리다 보면
이리저리 발버둥 치다 보면

육로의 끝에 다다라
공항도 나타나지 않던가

삶의 막다른 골목에서도
탈출의 미로는 보인다

되돌아가는 길이
때때로 맞는 길이기도 하지 않던가

ㅡ「종점에 대하여」 전문

베이비부머 세대인 시인이 고향에 돌아가 변해버린 고향 풍정風情에 대한 안타까움을 노래하기도 하고, 예나 이제나 안타깝고 짠한 서민들의 삶에 애정을 쏟기도 하다가, 결국 너그럽고 여유 있는 삶의 자세를 가다듬는다.

사랑을 준 만큼 기대가 커진다. 내가 이만큼 사랑을 베풀었으니 최소 이 정도는 사랑받을 수 있을 거라는 기대를 하기 마련이다. 그렇지만 세상은 번번이 기대에 못 미치는 사랑을 준다. 불공정한 거래다. 괘씸하고 불의해서 분노도 표출하고, 술잔도 들어 세상을 향해 쏟아 봤지만, 세월은 또 그렇게 흘러갔다. 그래서 삶은 더 살아볼 만한 일이라는 것도 배웠다.

'종점에 다다른다고 막막해하지' 말라고 한다. '되돌아가는 길'이 오히려 맞는 길이 되는 것도 경험상 알았으니 말이다. 삶에 대한 여유와 지극한 긍정의 시심이 돋보이는 시다.

> 겨울 경화역이 창밖으로 시리다
> 영롱한 꿈의 만개가 저물어간 곳에서
> 그대 다시 새봄을 예비하는가
> 사람들은
> 벚꽃의 한껏 부픔과
> 기차의 당당한 봄의 전령을 환호하지만
> 준비의 인내와 수고에는
> 얼만큼 생각의 여유를 주고 있을까
> 동지 지나 정월의 한파가
> 천지를 장악하는데
> 옷을 벗어버리고
> 눈조차 뜨지 못하는 저 인내들 속의
> 추위와 고독을 얼마나 헤아려 보고 있을까
> 지난여름의 무더위에 담금질한 경화역
> 벚꽃장의 마지막 고비를 넘고 있는 중이다
> ─「겨울, 경화역」 전문

경남 창원시 진해구의 경화역 벚꽃은 꽤 유명하다. 군항제 때면 여좌동 로망스 다리 벚꽃과 더불어 관광객들의 탄성을 자아내는 곳이다. 하지만 봄의 경화역과 겨울의 경화역은 완전 다르다. 잎을 모두 떨어뜨린 벚나무들은 그저 쓸쓸함만 가득해서 녹슬어가고 있는 철로를 굽어보고 있을 뿐이다. 기차가 다니지 않는 경화역, 역사가 오래라 문화적 가치를 생각해 지금은 잘 꾸며 놓아 시민들이 많이 찾고 있다.

그런 경화역을 찾은 화자는 봄날 화려하고 아름다운 벚꽃의 이면을 생각하고 있다. 계절의 순환을 다루면서 자연의 섭리를 따라가고 있지만, '영롱한 꿈의 만개'를 위해 새봄을 준비하는 '인내와 수고'를 읽고 있다. 욕심 없이 자연을 즐기고, 땅거미를 눈에 담을 수 있는 태도를 동경하는 것은 아닐까. 시적 대상에 대한 사랑은 다양한 모습으로 변주된다. 아름답거나 아프거나 슬프거나 어두운 모습이 사랑의 본질이기 때문이다. 경화역이라는 풍경에서 우리의 마음을 발견하고 순응하는 화자의 시선이 참 따스하다.

5. 마무리

지금까지 곽병희 시인의 시를 성글게나마 살펴 보았다. 먼지 가득한 세상을 열심히 살아왔듯이 시도 열심히 사는 그에게 박수를 보낸다. 그의 내밀하고 심오한 시 읽기는 필자의 능력 밖의 일이라 다음 기회로 넘기고자 한다.

2년이 넘은 코로나 팬데믹 상황에서 모두 힘든 나날을 견디고 있다. 어느 정도 진정 국면을 맞고 있는 듯하나, 세계 곳곳에서 변종 바이러스가 출현하고 있는 현실이니, 완전 종식은 어려울 것 같다. 포스트 코로나 시대, 어찌 되던 우리는 이를 극복할 것이고, 다시 하루하루의 일상을 이어갈 것이다.

자본과 문명의 이기가 주는 안온함에 빠져 세상의 불평등과 모순에 모른 채 살았던 우리 스스로의 이기주의에 대한 근본적인 성찰을 해야 할 때가 되었다. 곽병희 시인의 이번 시집『도깨비바늘의 짝사랑』을 관통하는 의미는 인간과 자연이 더불어 평화롭게 살아가는 보편적 가치 추구라고 생각한다. 삶과 현실에 대한 자세 또한 지나친 주관성의 유혹에 넘어가지 말고, 객관적 인식과 판단 아래 더불어 삶의 참된 의미에 천착했으면 좋겠다.

자주 하는 말이지만 문학적 게으름의 의미는 시에 대한 치열성이 그만큼 부족하다는 것이다. 각자가 맡은 분야의 지적 게으름이 만연하면 그 사회는 어두워지는 것과 마찬가지다. 시적 치열성, 그것은 곧 삶에 대한 분명한 열정으로 이어진다. 삶도 그렇지만 문학도 나태함을 경계해야 한다.

행복하려고 살아 있는 것인가, 아니면 살아 있음을 느

낄 때 행복한가. 그 사실을 우리는 모른 체하면서 살고 있지는 않은지 생각할 때가 자주 있다. 살아 있다는 사실을 자주 느껴야 한다. 우주의 모든 이치는 한 치의 오차도 없이 오직 한 사람, 바로 당신을 향해 있다는 월트 휘트먼 시인의 말이 그 이유를 정확히 말해준다. 내가 살아 있는 이유는, 내가 만든 것이고, 내가 만들어가는 것이기 때문이다.

시인이여, 우리 모두 열심히 살자. 그대나 우리나 문학과 인생의 끝까지 마지막 한 점까지 열심히 살자. 이제 우리에게 남은 것은 그것뿐이니.

황금알 시인선